www.ingramcontent.com/pod-product-compliance
Lightning Source LLC
LaVergne TN
LVHW070943160826
845679LV00022B/1890

* 9 7 8 9 9 4 8 7 9 9 7 6 4 *

أَسْئِلَةٌ مُلَوَّنَة

الناشر: دائرة الثقافة حكومة الشارقة دولة الإمارات العربية المتحدة
هاتف: 5123333 9716+
برّاق: 5123303 9716+
بريد إليكتروني: sdc@sdc.gov.ae

الطبعة الأولى 2023

الغلاف والإخراج الفني: زينب الملا

811.0099282
إ أ . أ الأسلمي، إبراهيم
أسئلة ملونة/ إبراهيم الأسلمي.- الشارقة، الإمارات العربية المتحدة: دائرة الثقافة، 2023.
- 68 ص. ؛ 22.5x22.5 سم.
تدمك: 978-9948-799-764
موجه للأطفال من عمر 8 إلى 12 سنة.
البحث الفائز بالمركز الثالث بجائزة الشارقة للإبداع العربي في مجال شعر الأطفال، الإصدار الأول، الدورة 26، 2022 - 2023.
1 - شعر الأطفال
2 - أغاني الأطفال
3 - الشعر العربي - اليمن
أ. العنوان
ب. جائزة الشارقة للإبداع العربي (26: 2022 - 2023)

ISBN: 978-9948-799-764

إبراهيم الأسلمي

أَسْئِلَةٌ مُلَوَّنَة

مجموعة شعرية للأطفال

8 -12 سنة

رسوم: فوّاز سلامة

إصدارات دائرة الثقافة، حكومة الشارقة 2023 م

لُعبةُ الحواسّ

أخـــتـــي وأنـــا

نُـــبـــدعُ لُـعَـبَـا

ترســمُ شمْســاً فــأرى لَهَبَا

ترســمُ مَوْجاً أســمعُ صَخَبَا

. . .

أخـــتـــي وأنـــا

نُـــبـــدعُ أكـــثـــرْ

ترســـمُ وَرْداً حُلْـــوَ المنظـــرْ

أشـــتمُّ العِطْـــرَ علـــى الدَّفتَرْ

. . .

تـرسمُ أختـي عَـلَـمَ الـوَطَـنِ

أشـــعـــرُ بـــالـــغـــيـــمِ يلامسُني

. . .

تـرسـمُ نـحْـلاً فـوقَ الـزَّهْـرِ

أطـعَـمُ عَـسَـلاً يَـمْـلأُ ثَـغْـري

. . .

أخــتـــي وأنـــا

تـــحـــتَ الـــظِّـــلِّ

نبنـــي جِسْـــراً فـــوقَ الرَّمْلِ

حتّـــى يَعْبُـــر جِيْـــشُ النَّمـــلِ

* * *

من أسرارِ البحر

فـي شـاطـئِ الـبـحـرِ يـومـاً
جـلـسْـتُ فـي ظِـلِّ صـخـرهْ

أحـكـي إلـى الـبـحـرِ سـرّي
كـي يـكـشـفَ الـبـحـرُ سِـرَّهْ

فـقـالَ: سـرّي عـمـيـقٌ
تـحـتـاجُ صَـبْـراً وخِـبْـرهْ

حــــرّرْ خــيــالَــكَ حتّــى
تــصــيــرَ روحُــــكَ حُــــرَّهْ

أنــــصــــتْ وفــكّــرْ طــويــلاً
واقــــرأ كــتــابَ الــمــجــرَّهْ

ثـــابــرْ كــمــوجٍ عــنــيــدٍ
وغُـــصْ لــتــصــطــادَ فــكــرهْ

فــقــلــتُ: يــا بــحْــرُ، شُــكْــراً
وذبــتُ فــي الــمــوجِ قَــطْــرَهْ

* * *

رُؤْيَا

رؤيـــا فـــتـــاةٌ طـــيِّـــبَـــهْ
وذكــــيِّــــةٌ ومــــهــــذَّبــــهْ

تــســعــى لــتــرســمَ فــرحــةً
حــولَ الــنــفــوسِ الــمُــتْــعَــبَــهْ

. . .

تـهـوى مـطـالـعـةَ الـسُّـحُـبْ

وتـحـبُّ أضـــواءَ الـشُّـهُـبْ

وتـطـيـرُ مـثـلَ فـراشـةٍ

بـيـن الـدفـاتـرِ والـكُـتُـبْ

. . .

تـقـضـي فـــراغَ نـهـارِهـا

لـتـغـوصَ فـي أفـكـارهـا

وإذا أتتها فِكْرةٌ

عزفتْ على قيثارها

. . .

رؤيا الجميلةُ تكتبُ

حيناً وحيناً تلعبُ

هيَ في الحقيقةِ نحلةٌ

منْ كلِّ زَهْرٍ تشربُ

* * *

طائرُ الحُرّية

يُــــردِّدُ نـغـمـتـي الـفَـجْـرُ
ويصغي الـغُـصْـنُ والـنّـهـرُ

غـنـائـي كـلّـهُ سِـحْـرُ
لأنّــــي طـــائـــرٌ حُـــرُّ

. . .

أغــــرّدُ خـــارجَ الـــسِّـــربِ

بــصــوتٍ هـــادئٍ عــذبِ

لأنَّـــــي طـــائـــرٌ حُـــرٌّ

. . .

أحــلِّــقُ فـــارداً ريـشـي

وأبـنـي فـي الـسـمـا عُـشّـي

لأنَّـــــي طـــائـــرٌ حُـــرٌّ

. . .

أحـــبُّ قـــراءةَ الـقَـصَـصِ

وأكـــرهُ قِـصَّـةَ الـقَـفَـصِ

لأنَّـــي طـــائـــرٌ حُـــرٌّ

* * *

صَدِيقِي الحاسوب

صديقي مِثالي
حميدُ الخِصالِ

بلمْسةِ زرٍّ
يُجيبُ سُؤالي

فكلٌّ بعيدٍ
قريبُ المَنالِ

إذا ضـاقَ صَـدري

تـحَـوَّلَ لُـعـبَـهْ

وحـيـنـاً يُـغـنّـي

غِـنَـاءَ الـمـحـبّـهْ

يـصـيـرُ كـتـابـاً

بـديـعَ الـمـعـانـي

يُـنـيـرُ طـريـقـي

لِـقَـطْـفِ الأمـانـي

. . .

تـعـلَّـمـتُ مـنـهُ

جـمـيـعَ الـعـلـومْ

وحـلّـقـتُ حتّـى

لَـمَـسْـتُ الـنجـومْ

صـديـقـي فَـضَـاءُ

يـغـذّي خَـيَـالـي

* * * *

ثَمَرُ المُحاولة

قالَ الرجلُ:

عالٍ جدّاً هذا الجَبَلُ

فمتى أصلُ؟

أشعرُ بالخوفِ، فما العملُ؟

ضحِكَ الجَبَلُ:

جرِّبْ.. واصعَدْ نحوَ القِمَّهْ

جرِّبْ.. واقْطِفْ ثَمَرَ الحِكْمهْ

...

قالَ الرّجُلُ:

ماذا أقطِفْ؟

صَعْبٌ جِدّاً

أنـاْ لا أعرفْ

...

صاحَ الجبلُ:

لا لا تضعُفْ

حاوِلْ حاوِلْ

حتى تعرِفْ

* * *

أسئلةٌ ملوَّنة

سألتُ عن لونِ الفرحْ
فقيلَ لي: قوسُ قزحْ
فرُحتُ أجري في مَرَحْ

. . .

سألتُ ماءَ الجدوَلِ
عن لونِهِ المفضَّلِ
أجابَني: لا لَوْنَ لي

. . .

سألتُ عن لونِ السَّرابْ

فمرَّ كالماءِ.. وغابْ

ولم أجدْ أيَّ جوابْ

. . .

سألتُ كلَّ الأسئلهْ

لغيمةٍ.. لسنبلهْ

لشاطئٍ، لطائرٍ

لنجمةٍ مشتعلهْ

. . .

وحينَ زرتُ المكتبهْ

وجدتُ كلَّ الأجوبهْ

* * *

في بُستانِ جَدِّي

ببستانِ جدّي تنزَّهتُ وحدي

على العُشْبِ أمشي
كـــأنَّـــي أمــيــرُ

أمــامــي وخــلـفـي
حــشــودٌ تـسـيـرُ

ظِــــلالٌ وشـمـسٌ

وزهـــــرٌ نـضـيـرُ

وسِـــــرْبُ فـــراشٍ

أمــــامــي يـطـيـرُ

ببستان جدّي تنزهتُ وحدي

نـــخـيــلٌ وكَـــــرْمٌ

ونــــبْــعٌ جـمـيـلُ

وطـيـرٌ يُـغـنّـي

وغُـصْـنٌ يـمـيـلُ

. . .

حفظتُ عن الطيرِ سرَّ الغناءِ

وعلَّمني النخلُ معنى العطاءِ

* * *

قمرٌ جديد

غسّانُ طفلٌ مُبهرُ

إلى السماءِ ينظرُ

لهُ خيالٌ واسعٌ

لأنّهُ يفكّرُ

غسّانُ يعشقُ السَّمَرْ

معَ النجومِ والقَمَرْ

وعندما غابَ القمرْ

أصابَ غسّانَ الضجرْ

ظلَّ وحيداً يسهرُ

وعقلُه يفكِّرُ

لعلَّهُ يبتكرُ

ضوءاً جديداً كالقَمَرْ

* * *

أنشودةُ السّلام

سنرسمُ الحدودْ

بالحبِّ والورودْ

وحكمةِ الجدودْ

. . .

سنهدمُ الجدارْ

لينعمَ الصّغارْ

بضحكةِ النّهارْ

. . .

سنهزمُ الظلامْ

بشمعةِ السلامْ

والعلمِ، والنِّظامْ

. . .

غنُّوا معَ الصباحْ

والطيرِ والرياحْ:

لا حَرْبَ، لا سلاحْ

. . .

جـمـيـعُـنـا جـنـودْ

نـكـثِّـفُ الـجـهـودْ

كـي يـنـعـمَ الـوجـودْ

بـالأمـنِ والـسـلامْ

بـالأمـنِ والـسَّـلامْ

* * *

صورةُ إنسان

هَمَسَ الفنّانْ

بينَ الألوانْ

من ذا يرسم

صورة إنسانْ؟

قالَ الأخضرْ

لوني أفضلْ

رَدَّ الأحمرْ

لوني أجملْ

صاحَ الأصفرْ

لوني أقربْ

صرخَ الأزرقْ

لوني أنسبْ

قالَ الفنّان:

لا تختلفوا

لو فكَّرتمْ

أنْ تأتَلِفوا

لو نرسمُ صورةَ إنسانْ

بجميعِ الألوانْ

ستكونُ اللوحةُ أجملْ

وسيشرقُ وَجْهُ المستقبلْ

* * *

السَّاعةُ الذّهبيّة

أُراقِبُ ساعةَ البيتِ

وأسألُها عنِ الوقتِ

. . .

وأمضي مثلَ عقربِها

بلا ضَعْفٍ ولا خوفِ

وأُحــــصـــي كـــلَّ ثــانـيــةٍ

لأنَّ الــوقــتَ كـالـسـيـفِ

. . .

وحــيــن ســألــتُ فــي عَـجَـبِ

لــمــاذا لــونُــهــا ذَهَــبــي؟

بحكمتهِ أجابَ أبي:

لأنَّ الوقتَ من ذهَبِ

* * *

دروسٌ مفيدة

شكَّلتُ جناحاً من ورقِ
ومضيتُ أُحلّقُ في الأفقِ

بحثاً عن أشياءَ جديدهْ
ودورسٍ للنّفسِ مفيدهْ

يا للدهشةِ

يا للمنظرْ!

سُحُبٌ بيضٌ

عُشْبٌ أخضرْ!

سُحُبٌ بِيضٌ

فيها مَطَرُ

شَجَرٌ ينمو

ولهُ ثمرُ!

...

ماذا لو صِرتُ أنا غيمهْ!

أزرعُ في كلِّ فمٍ بسمهْ

* * *

أمّي

أهواكِ يا مَلاكي في صدركِ الأمانْ

سقيتِني نَـداكِ يا غيمةَ الحنانْ

. . .

ألـهمتني هُداكِ يا ضحكةَ القَمَرْ

أغفو على غِناكِ وأنتِ في سَهَرْ

. . .

أصحو على شذاكِ يا وردة الصباحْ

تـفتّحـتْ يــداكِ بالحـبِّ والسمـاحْ

. . .

قلبـي إذا دعـاكِ أجبْتِ في عَجَـلْ

وضمّني هَـواكِ بالشوقِ والقُبَـلْ

. . .

وعندما أراكِ يُضيءُ لي الوجـودْ

سعـادتي رضاكِ يـا جنّةَ الخلـودْ

* * *

في ظِلالِ المدرسة

تيماء:

أنـا فـي الـفَـصْـلِ عصفورهْ
بِـحُـبِّ الـرّسْـمِ مـشـهـورهْ

عـشـقـتُ ظِــلالَ مـدرسـتـي
وروحـــي عـانـقـتْ لُـغـتـي

يَـــرِفُّ الـصُّـبْـحُ لـي رَفّــهْ
أقـــومُ إلــيـه فــي خِـفّــهْ

وأسقي الـوردَ في الشُّرفهْ

وألـقـى الـشـمْـسَ مـسـرورهْ

. . .

غَـداً يـا مـوطـنـي الأخـضـرْ

ألـــوّنُ رمـلَـكَ الأسـمـرْ

بـلـونِ الـبـنِّ والـسُّـكّـرْ

لـتـبـقـى زاهـيَ الـصُّـورهْ

. . .

فِراس:

أنــا كــالــبُــلــبُــلِ الــشّــادي
أُجــوبُ الــسَّــفْــحَ والــوادي

عــشــقــتُ ظــلالَ مــدرســتــي
وروحــي عــانــقــتْ لُــغــتــي

. . .

غــداً ســأصــيــرُ فــنّــانــا
أغــنّــي الــبــحــرَ ألــحــانــا

وأكسو السّهْلَ ألوانا

وأزرعُ أرضَ أجدادي

. . .

سأبني موطني الغالي

وأحرسُ سُورَهُ العالي

لِتُزهِرَ فيهِ آمالي

ويعبقَ عطْرُ أمجادي

* * *

الفهرس